JN065411

ピンク・リュック シドニーの街を往く

―還暦留学生のコロナ禍奮闘記―

言語聴覚士

北野 市子
KITANO Ichiko

文芸社

―目 次―

プロローグ

　世界の主要国における大学での日本人留学生の比率は年々低下傾向にあるそうですが、留学を斡旋するサイトは山のようにあり、決して珍しいことではなくなりました。留学の方法も語学留学、短期留学、ワーキングホリデーなどに加えてシニア留学など、若い人ばかりでなく高齢者も利用可能な選択肢が提供されており、一昔前に比べたら誰でも気軽に留学体験ができる世の中になっていると思います。しかし、還暦を過ぎて外国の大学入学から卒業までの全課程を経験する方は少ないのではないでしょうか。それは経済的にも家族環境的にもかなり恵まれていないと実現できないので、そういう意味で私は本当に贅沢な経験ができたと思っています。一にも二にも私を支えてくれた亡き両親や親戚、友人たちのお蔭であることは、オーストラリア滞在中から痛いほど感じていました。

　しかし私の留学体験の内実はというと、「贅沢」という語感からは程遠い「冷や汗」と「ねじり鉢巻き」の連続でした。コロナ・パンデミックによる経済的不安は持ち前の貧乏性で乗り切ったものの、肝心の学生生活は、予想をはるかに超える厳しさから何度もくじけそうになりました。ですから「贅沢な留学」ではありましたが、

決してゴージャスでオシャレな日々ではなく、むしろ地を這うような毎日だったと思います。それは本文をお読みになれば納得していただけると思います。しかしそうした異国の地での切羽詰まった生活は、一方で生きている実感にあふれていた、と思います。そんな日々のエピソードに加えて、季節や国の大きさはもとより、言語や文化など、日本とは正反対のオーストラリアで感じたことをご紹介したいと思い、この一文を記しました。

なぜ留学を志したか

「お客様、いかがなされましたか？」優しいキャビンア
テンダントさんが声をかけてくれました。そうです、飛
行機がゆるゆると動き始めた瞬間、思わず涙にむせんで
おりました。私の3年半の留学生活が本当に終わってし
まったんだ、と思うと言いようのない喪失感と安堵感に
襲われたのです。現在66歳の私がなぜオーストラリア
への留学を志したのか、お話しします。

　私は言語聴覚士（ST：Speech Therapist, オースト
ラリアではSP：Speech Pathologist）という仕事に
37年間従事し、60歳で定年退職しました。毎日の仕事
で出会った子どもたちは皆、生まれながらにして、また
は後天的に様々な理由で言葉が不自由でコミュニケー
ションが取れずに幼稚園や保育園・学校で孤立したり、
学習が進まず落ちこぼれてしまいがちな子どもたちでし
た。私はそんな子どもたちの言葉の発達を促し、時に指
導し、ご家族を支えるSTという仕事をこよなく愛し、
地方の小児病院で誇りと自負をもって仕事に励んでいま
したが、一方で、定年前の約10年間は仕事と両親介護
の両立に難渋しました。しかし、幸い職場と同僚の理解
と協力を得て、介護離職することなく何とか定年まで職
務を全うしました。

父親亡き後、独身で一人娘の私にとって、老いた母は子どものように愛おしくかけがえのない存在だったので、退職後は母の在宅介護に専念したいと再雇用を希望せず、2017年3月に迷うことなく退職しました。訪問看護や在宅診療などに支えられて介護に没頭し、退職して約1年後に自宅で私独り、母を看取った後はすっかり燃え尽きてしまい、母恋しさと、介護で悔やまれる場面を思い出しては毎日泣き暮らす有り様でした。しかし数か月して「これではいかん、何とかせねば」と自分を奮い立たせようとして、ふと思い出した豪ドル債の預金が、私を一気にオーストラリアに向かわせたのです。

　大学卒業後、就職してから最初の12年間は一人暮らしをしていましたが、それ以後は父親の定年退職に伴って両親と同居するようになりました。それ以来、私の給料の半分は家に入れていましたが、当時は仕事に夢中で週末も職場に籠る（こも）など、ほとんどお金を使うことなく貯まっていきました。10年も経つとかなりの額になったため、銀行の女性行員がハイエナのごとく擦り寄ってきて笑顔で豪ドル債権の購入を勧めてきたのです。低金利の日本では考えられないくらいの高利回りでしたが、為替差益について当時確か「75円を割ったら損をします」と言われました。「そういう時はどうすれば良いの？」と尋ねたところ、事もなげに「オーストラリアに

住むしかないですね」と言い放たれたのを記憶しています。私が渡豪した2019年7月には75円を割りそうな状況だったので、まさしく彼女の言うとおりになった、というわけです。今にして思えば、豪ドル債権の購入を勧めてくれた銀行の方に感謝です。

渡豪準備

　その豪ドル債を元手に留学を志したのが2018年の11月頃で、母の一周忌を済ませた2019年7月を渡豪の時と決めました。最初はとにかく英語コンプレックスを克服したい、という動機が第一でしたが、年齢的に短期間の語学留学は無意味だろうし、どうせなら大学に入って言語聴覚学を一から英語で学びなおしたい、という気持ちも高まってきました。仕事柄、英語論文は山のように読みましたし、国際学会で発表することもありましたが、伝わっているかどうかも分からない怪しげな発音で発表原稿を棒読みし、演壇からササッと逃げるように立ち去るばかりで、英語での質疑応答はおろか、雑談を交わすなど一切できませんでした。さらに他の国のSTと楽しそうに交流する邦人STたちを羨ましい気持ちで眺めた無念さを忘れることができませんでした。

　早速ネットで留学の手配をしてくれるサイトを探し、山のような情報から、なぜかK留学というサイトにアクセスしました。こういうのも本当にご縁ですね。なぜこのオフィスを選んだのか全く記憶にないのですが、結果的には行き届いたカウンセリングに満足し、留学中も担当の方には折に触れて報告していました。その担当・Mさんが丁寧に私の希望を聞いてくださり、必要な書類の

手配等を助言してくださいました。最初はニュージーランドへ、という話が出て、そのうちオーストラリアのブリスベン、そして最終的にシドニーに落ち着きました。普通ならそういう目的地の頻繁な変更に不安にもなるのでしょうが、当時の私は「もう、どこでもいいわ、私を受け入れてくれそうな大学があればどこでも行くわ」という気持ちでしたので、全然気になりませんでした。

　結局、大学に入れるかどうかは私の語学力次第、ということもはっきりしてきて、IELTS（アイエルツ）という耳なじみのない英語検定の成績が必要となることも分かりました。それで渡豪までの期間、自分なりにオンライン英会話のレッスンを受け、日本でIELTSやTOEFLなどの試験を受けまくりました。IELTSの試験は東京会場でしたので、たくさんの受験者の中で特に違和感はありませんでした。しかしTOEFL受験は地元の会場で、中高生のお坊ちゃん、お嬢ちゃんたちがママの付き添いで来ている中、私はかなり場違いな、浮いた存在でした。さらに来場順に三々五々ブースに入って試験を受けるため、遅めに到着した私は、まだリスニングの試験を受けている最中に他のブースで始まったスピーキングの声にかく乱され、何が何だか分からないうちに終わってしまいました。

　ともあれ、いずれの成績も大学入学には0.5ポイント

足りない、というレベルでしたので、取りあえず渡豪して語学学校に通い、不足分を押し上げる、という作戦でいくことにしました。当時の私はその程度は何とかなるだろう、と高をくくっていました。「キャンパス・ライフよ、もう一度」と夢見ながら、若い学生さんに交じってシドニーの街を歩くことを想像し、ピンクのリュックサックを新調して渡豪準備を進めました。

IELTS クラス不適応

　長期の留守を託せる身内もいない中、持つべきものは友で、不在中の車検の面倒等、あれこれお願いして後顧の憂いなし、と準備万端整えて、いよいよ2019年7月七夕の日に真冬のシドニーに向かいました。現地の留学エージェントからお迎えが来ていて、問題なく最初のホームステイ先に到着しました。このギリシャ系のご家庭に2か月滞在する契約でした。すでに独立した娘さんの部屋を留学生に貸している50代のお母さんは美容師と介護の仕事をされていました。同居しているやはりギリシャ系の彼とはほとんどギリシャ語で会話し、また見るテレビ番組もギリシャ系なので、残念ながらホームステイによる英語の勉強という点では今一つでした。しかし親切で比較的自由を利かせてくださったので、居心地は悪くありませんでした。早速彼らから語学学校への行き方、バスの乗り方などを教えてもらい、翌日から登校でした。IELTSでもし総合7点を取ることができれば、大学院への入学も可能なので、ともあれIELTSコースを選びました。

　いよいよ語学学校初日、ピンク・リュックを背負ってバスで登校しました。真冬のため、人いきれで窓ガラスがすっかり曇ってしまい、下車する場所が見えず、バス

停を間違えて遅刻するのではないかと大変緊張しました。何とか時間通り学校にたどり着き、個人面接で英語学習の動機などを聞かれて「劣等感を克服したい」と説明すると、「劣等感なんて言葉を知ってるんじゃ、十分じゃん」と言われ（たような気がし）ました。一緒に入学した20代前半の日本人男性はほとんど喋れず、グーグル翻訳と首っ引きで説明していました。「ふーん、色んなレベルの学生が入ってくるんやなあ」と思い、その時点では私は結構イケてるかも、といい気になっていました。

　その鼻っ柱をもろくも挫かれたのは、翌日からのIELTSクラスの授業でした。10人程度の少人数で国籍も様々、サウジアラビア、南米、東南アジアなどからの学生が集まっていましたが、私から見たらほとんど皆さんペラペラと流暢に英語を喋っています。驚いたことに文法的にかなり基本的な知識、例えば受け身（受動態）の作り方などを知らないクセに会話はえらくスムーズで、言いたいことを堂々と表現しているのです。

　一方の私は自分の考えをなかなか言えず、どうやって表現していいか戸惑っているうちに話が先に進んでしまう、といった有り様でした。授業では討論の時間も設けられ、隣り合わせた学生が一定時間、討論してそれを全体討論で発表する、しかも「地球環境をどう守るか」といった難しい設問に対する討論が多く、日本語でも答え

に窮するような内容でした。一旦日本語で考えて英作文をやっている暇はなく、相手の主張を聞き取ることもできずに、分かったような振りをして笑ってごまかすしかない状況が続きました。しかし笑ってごまかす私とは討論にならない、と他の学生から見限られたようで、そのうち私の隣の席はいつも空席、といった情けない日々が続くようになりました。焦るばかりでなく、どんどん自信喪失していく自分を立て直すにはどうしたらよいのか分からないまま、1か月ほど時間が過ぎていきました。

何で今、ここで！ 五話

その鬱々とした１か月の間に学校以外でも立て続けに不運に見舞われました。

その１．風邪をひく

10年にわたる昼夜逆転といった両親介護の間、風邪ひとつひいたことがなかったのですが、酷暑の日本から真逆の冬季に慣れない土地に来たせいか、風邪をひきました。日本人としてマスクをするのは当然のエチケットだと思っていましたが、コロナ前の当地ではマスクをしている人など皆無で、平気で人前で咳をする学生ばかりでした。そんな中、学校でマスクをするのは、ただでさえ「喋れない」のに「喋らない」意思と受け取られているようで、居心地が悪かったです。本当はそんなことはなく、私の思い過ごしだったのですが、当時はまだ「人目を気にする日本人」でした。

その２．金、落下

私は現代人では珍しい完璧な歯並びの持ち主で、上下計32本、つまり親知らず４本を含む全ての歯が模型のような歯並びを誇っています。虫歯もないのが自慢でしたが、実は１か所だけ、40代の頃に親知らずとその前

の歯との間に穴が空いてしまい、金を詰めていました。20年以上何事もなく経過していたのに、当地に来て間もないある朝、歯を磨いていて、ふと木屑のような茶色いものが流しに落ちているのに気づきました。「何だろう、こんな所に木屑？」と流してしまおうと思って、エッ??　まさか、とそっと舌で奥歯をさわると、ポカッと穴が空いています。

　ガーン、何で今ここで金が落ちるよ！！

　危うく金を流してしまうところでした。掛けていた学生保険には歯科は含まれていないため、結局それ以後3年以上、帰国まで穴が空いたままの状態で、かなり不自由しながらも悪化させることなく何とか持ちこたえました。

その3．尾てい骨強打

　友達もできず、一人寂しく街中をうろつき、ちょっと疲れたのでコーヒーでも飲もうと立ち寄った喫茶店。注文してソファーにドカッと座った途端、目から火花。見るとソファーの後方に携帯充電のための差し込み口がコンクリート固めに突き出ていて、それに気づかずに尾てい骨を強打したのです。あまりの痛さに息もできずウーと唸（うな）っていると、隣のおばさんが、「アーユーＯＫ？」と聞いてくれました。思わず「アウチ」とうめくように

言うと、そうなのね、といった同情の表情をしてくれました
したが、それでどうなるものでもありません。大体、ソ
ファーの後方にそんなもんが突き出ているなんて、日本
じゃありえねえ!!　と心の中で喚き散らしながらも、
しばらく呻いていました。やっとのことで立ち上がりま

したが、痛さのため歩くのもままならず、その後１か月は寝返りも不自由でひどい寝不足となりました。ただでさえ語学学校では劣等生なのに、睡眠不足でボーッとして集中できず「何で、今ここで」と恨めしく思いました。友人の理学療法士によると、それだけ痛いなら尾てい骨にヒビが入ったのかも、とのことでした。

その４．耳垢難聴

　日本にいた時に耳垢が詰まって難聴になる、なんてことなどなかったのに、当地に来て間もなく、シャワー後にティッシュで耳を拭いていたら突然シュポッと聞こえなくなり、職業柄、すぐにそれが耳垢難聴と分かりました。それでなくても英語がうまく聞き取れないのに、まるでプールの中から英語を聞いているようで、その不自由さに「何で、今ここで！」と怒れました。当地は日本のように開業医が専門分化しておらず、一般開業医（ジェネラルプラクティショナー）が何でもかんでも診るので、留学エージェントの方に紹介された診療所に行きました。ドクターは「何とか耳垢を取ってみよう」と言い、耳鏡もない中、私の肩にオムツのようなパッドを置き、シリンジでジャージャーとお湯を注入して耳垢を取り除く処置をしてくれました。「完全には取り切れなかったと思うけど、少しは聞こえるようになった？」と

いうドクターの言葉は久しぶりにはっきりと聞こえたため、この原始的な処置は功を奏したようです。ちなみにその後、ドラッグストアーで耳垢除去の点耳液を購入して自分で定期的に掃除することを勧められました。

その５．スマートウォッチ紛失

　フリマアプリで購入したスマートウォッチを装着して渡豪しましたが、来て早々にベルトの留め金部分が破損し、頻繁に手首から外れるようになりました。「全く何で、今ここで壊れるよ！」と忌々しく思いながら、ベルトを購入したい、と街中の家電量販店を何軒か訪ねました。しかしどこも店頭には置いてなくて、「オンラインショップで買うしかない」と言われました。仕方なくオーストラリアのAmazonで一番安いベルトを購入しました。安いといっても色の指定ができないなどの条件で安くなっていた（と思った）ので、構造までチープだとは思いませんでした。実際に届いたベルトは、二本のピンを穴に差し込むだけの留め金で、こりゃあ、すぐに落とすなあ、と思ったとおり、落としてしまいました。ショック！！

クラス変更 → 学校変更

　そんなこんなで、最初の1か月でどんどん精神的に落ち込んでいきました。ともかくIELTSクラスにいてもパッとしないと判断し、もっと会話を中心としたクラスに行きたいと、クラス変更を学校側にお願いしました。私の希望は受け入れられ、上級の一般クラスに変更となりました。多くの日本人学生がそうなのですが、なにぶん私たちは受験英語に鍛えられているため、語学学校のレベル分け試験を受けると結構いい成績を取るのです。しかし会話力はそれに追いつかず、というのが実態なので、一般クラスへの変更後も他学生との会話力の差は相変わらずでした。そのため根強い「喋れないコンプレックス」と先が見えない状態が本当に辛くなり、留学エージェントに泣きつきました。私を担当してくださったカズさんは穏やかに私の泣き言に耳を傾け、別の語学学校のアカデミーコースを受講してパスすればIELTSを受けなくても大学進学への道が開ける、という情報をくださいました。

　当初の渡豪目的は英語が上手に話せるようになることでしたが、数か月の滞在で分かったことは、60年間で培った日本語脳はそう簡単には英語脳になれない、という事実でした。留学を思い立った当初から年齢など気に

したこともなかったのですが、例の一緒に入学した20代の日本人男性がメキメキ会話力を伸ばしているのを目の当たりにすると、この時ばかりは「若かったらなあ」と思うこともあり、もうこうなったら言語聴覚学のお勉強を主に頑張って、そのオマケに英語も少し喋れるようになればいいわ、という気持ちに傾いていました。それでカズさんにお願いして語学学校の転校手続きをしていただきました。不適応を感じ、精神的には不登校になっていた学校とさよならできると思うと、言いようのない解放感に包まれたのを今でもはっきりと覚えています。

今にして思えば私が職場で出会った「喋れない子どもたち」は、きっと幼稚園・保育園、学校で喋れる人たちに囲まれて、こんなに辛く寂しく悲しい思いをして生活していたんだなあ、とつくづく身につまされる思いでした。

新しい語学学校

　2019年9月半ば、心機一転シドニーの中心街、大木が生い茂る緑濃いハイドパークの横にある語学学校に通い始めました。最初の2か月間アカデミーⅡクラスで学び、その課程をパスしてアカデミーⅢに進み、ここで総合75点以上の成績を収めることが大学進学の要件でした。後は大学から入学許可の通知が来るかどうか、という問題で、これは私の努力では如何ともしがたいポイントでした。もちろんカズさんの助言で、定年退職した私がなぜオーストラリアで改めて大学に行きたいのか、何を学びたいのか、といった自己アピール文をせっせと書き、大学側に受け入れを認めていただくよう努めましたが、その後は許可の判断が下りるのを待つしかない状態が続きました。

　アカデミークラスの授業は大学進学の準備のようなもので、論文作成の方法、英語でのプレゼンテーション、討論の仕方などを基礎からキッチリ教えてくれました。それほど自由会話の場面もなかったので、会話コンプレックスに悩まされることもなく、むしろ私の経験知がモノを言って、アカデミーⅡでは常にトップクラスの成績で、20歳前後の若者たちに交じって一目置かれながら楽しく勉強しました。アカデミーⅢでは一気に授業内

容が難しくなり、また外部から編入学してきた学生たちがすこぶる流暢に英語を話す人たちだったので、若干怯む場面もありましたが、最終的には大学入学要件を満たす成績は取れるだろう、と思っていました。

　大学入学願書は転校した９月時点でマッコーリー大学（Macquarie University）の言語聴覚学科に出していましたが、肝心の入学許可の通知がなかなかもらえず、やきもきしました。11月末にやっとマッコーリー大学から入学許可通知メールをもらった時は、うれし泣きしながらハイドパークを歩き、天を仰いで両親に何度も感謝したことを思い出します。

大学入学まで

　カズさんにIELTSの得点を大学院レベルの７点に押し上げるのは無理、という見通しを伝えてアカデミーコースでの大学進学に切り替えた理由の一つは、私が学びたかった言語聴覚学の学士コースが３年課程だったということです。日本では言語聴覚士になる一つの方法に、大学４年課程卒後に国家試験にパスしてST資格を得る、というのがあります。しかしオーストラリアでは３年の学士課程を経て、２年の大学院修士課程を履修後、つまり通算５年の養成課程でST資格が得られます。私は特に資格が欲しいわけではなく、言語聴覚学の基礎の基礎を英語で学びなおしたかったし、「４年は長いけど３年ならいられる」という思いだったので、学士課程への進学は願ったり叶ったりでした。

　入学許可ももらえてルンルンしながら、年末には世界文化遺産でもあるシドニーのオペラハウスで行われたクリスマスコンサートに600人の合唱団員の一人として出演し、シドニー・フィルハーモニー・オーケストラと共に、３日間に渡って行われた「ヘンデル作曲メサイヤ」コンサートで「ハ〜レルヤ・ハ〜レルヤ」と気持ちよく絶唱しました。また半年ぶりに日本に帰って友人たちにも会い、その後も半年に１回は帰国するつもりでシ

タスマニア島にて　ワラビーと

ドニーに戻ってきました。大学入学直前の２月にはタス
マニア島に渡り、現地のバスツアーに乗っかって一週間
タスマニアを巡りました。オーストラリア本土とはまた
ちょっと違った風景や自然を堪能し、特にユーカリの森
の香しい空気にはすっかり魅了されました。このように
語学学校卒業から大学入学までの短い間、その後に襲っ
てくる艱難など知る由もなく「我が世の春」（シドニー
では秋）を謳歌していました。

マッコーリー大学入学オリエンテーション

　2020年2月の第3週目に大学入学オリエンテーションがある、というので初めてマッコーリー大学のキャンパスに行ってみました。木々の緑が生い茂る広大なキャンパスに立ち、いよいよここで3年間勉強するんだ、と思うとワクワクしました。入学式というものはなく、1週間のオリエンテーション中に様々な講演や説明会、図書館巡りなどがセットされており、また履修科目もこの期間に上級生のボランティアの指導によって登録できるようになっていました。講演会や説明会の内容は「賢い論文作成のコツ」とか「批判的思考を養うには」といった固い内容ばかりで、一体どんだけ学生が集まるんかいなあ、と思いつつ参加してみたところ、会場に入りきれないほどの学生が集まっており仰天しました。なんの強制もない任意参加のこうした説明会に、ハイティーンの学生がワンサカ詰めかける様は「日本ではありえないだろうなあ」と思いました。図書館はいつも満杯で、若い学生たちの勉学に対する熱気はすさまじく、圧倒されるほどでした。

　しかしともあれ、履修科目を登録せねば、と学生会館の一角に設けられたコンピューターが並び据えられた場所に行きました。全く何をどうやったら良いのか分から

なかったため、上級生のボランティアさんに声を掛けました。彼女の速い英語と画面操作で頭が真っ白になり、何が何だか分からずに冷や汗をかいていると、そのうち、彼女は困ったように「ちょっとここでは対応できないので、留学生担当室に行ってください」と言いました。へ？　何のこっちゃ、留学生担当室ってどこよ、とまたオロオロと、あちらこちらに聞きまくりながら何とかたどり着きました。しどろもどろに、履修科目を登録できず、ここに来た、と説明しました。すると担当者はコンピューターをいじりつつ、「貴女は当大学に登録されていない」と言うではありませんか！　そんなハズはない、入学許可ももらった、アカデミーコースの規定もクリアした、と頭では反論しますが、言葉としては出てこず、再び冷や汗を大量にかきながら当惑するばかりでした。「私を担当してくれている留学エージェントに連絡します」とだけかろうじてつぶやき、慌ててカズさんに電話連絡しました。結局、どこかの手違いで私の語学学校の成績が大学側に登録されていなかったため、学籍がなかったようです。その後、すったもんだの挙句、翌々日に晴れて大学側からWelcomeメールやら手続き情報がドドッと私宛に入ってきました。本来ならこれらのメールをオリエンテーション前に目にするはずだったようで、タスマニアなどで遊んでいる場合じゃなかったことがそ

の時点で分かりました。

　ようやく履修科目の全体像などが把握でき、何とか翌週の授業開始前に１年生前期の履修科目の登録が間に合いました。

　学士コースの学生に課せられる履修科目は、３年間で必修科目16科目、選択科目８科目の計24科目でした。つまり１学年の前・後期にそれぞれ４教科、年間計８教科の単位を落とさないことが卒業の条件でした。何が何だか分からなかったので、私が知っている科目名として取りあえず神経心理学、認知心理学、言語学、心理学の４科目を登録しました。

　この大学では大学側と学生側の通常のコミュニケーションはiLearn（アイラーン）というサイトを通じて行われます。各科目の授業予定、テスト予定、先生からのメッセージ、学生側からの質問など重要な情報の全てがiLearnを通じてやり取りされるので、このiLearnにアクセスすることがイの一番に必要でした。ここでまた、私にとっての関門がありました。iLearnに最初にアクセス可能となるには、「学問の誠実性」というビデオ講座を受講し、テストを受けて合格しなければならない、というのです。これは私にとってはかなりのプレッシャーでした。誠実性＝integrityなんていう英単語を初めて知り、いったい何をテストされるのか戦々恐々と

しながらビデオを見ました。結果的には比較的常識的な内容で、カンニングしてはいかん、人の論文を盗用するな、といった内容でしたが、これに合格しないとそもそも授業が受けられない、というプレッシャーでかなり緊張しました。

　余談ですが、語学学校時分から論文盗用は非常に厳しくチェックされました。論文は必ずターニティン（turnitin）というサイトから提出しました。このサイトには全世界のあらゆる英文文章が登録されていて、そのデータと学生から提出された文章との類似度が％で表示され、元文章の出所も分かります。例えばもし学生が自身の論文をウィキペディアからそのまま書き写したとすると、それは瞬時に「類似度100％ウィキペディアから」と表示されます。30％の類似度は黄色信号、50％となると「盗用」と判断されます。「学問の誠実性」を入学当初ばかりでなく折に触れて厳しく学生に要求し、turnitinが常に目を光らせている勉学環境は、その後、毎期に幾度も要求される論文作成にかなりの緊張感をもたらしました。日本の大学でもturnitinの導入が少しずつ進んでいるようですが、どの程度、こうした緊張感が学生側にあるのでしょう。

授業開始 さっぱり分からん!!

　ひとまずiLearnにもアクセス可能となり、最初の言語学の演習教室も確認することができました。授業が毎週どのように進められるか、といった週単位の情報が学期の初めにiLearnに掲載され、学期の終わりの週（第13週）までの全体像を見渡すことができます。各教科の授業は毎週、大講堂での教授の講義2時間と1時間の演習からなり、演習は博士課程の若いお兄さんお姉さん先生たちが10数人の学生を担当します。さらに各科目が毎週10時間勉強で達成可能な課題、例えば論文を読む、週刊クイズを受ける、といった設定になっており、4科目履修するとそれだけで週40時間の学習が必要となります。これは英語ネイティブの学生さんにとっての話なので、私のような英語ヤットコサの学生にとってはとても週40時間学習では足りず、というか追いついていけませんでした。

　これら普段の授業に備える学習課題に加えて、成績評価される課題がいくつか設定されており、例えば学期中に週刊クイズ得点の総計、論文2つと学期末試験がそれぞれ30％、30％、40％といった評価基準で提示されました。講義も語学学校の先生のような分かりやすい英語ではなく、めちゃくちゃ速い口調のすっ飛ばし英語だっ

たり、世界各国から来ている教授たちの強い訛りなどで、さっぱり理解できませんでした。ただ何とか救われたのは、講義が録画されてiLearnから何度でも見直すことができた、ということでした。2学年になってからは、これに英語字幕もつくようになって、これにずいぶん助けられました。もし1回限りの大講堂での講義だけだったら、全く授業についていけなかったと思います。

　初めての言語学演習では10数人の学生が集まりました。学生さんかなと思った男性が演習担当の先生で、彼は日本での英語教師の経験もあり、時々日本語単語を披露してくれて、それだけで私にとっては何か心理的に安心できました。しかし最初の評価課題である論文の設問を提示されて、また頭が真っ白になりました。いったい何を求められているのかさっぱり理解できなかったのです。設問はいくつかの単語が与えられ、各自がそこから1単語を選んで、その単語が用いられている世界中の文章が記録されている膨大なデータから読み取れることを、語源辞書と併せて考察せよ、というものだったのですが、その設問の意味が分かるまでに数日、そして膨大なデータというものがどういうモノであるのか、を理解するのに数日、と時間はどんどん過ぎていきました。

　神経心理学の演習では、各自がコンピューターの前に座って脳の3D映像を見ながら先生の質問に答えていく

のですが、先生の質問が理解できず、周囲の学生さんの様子を見ながら、例によって冷や汗を大量にかくだけで終わってしまいました。脳の構造についてはある程度の知識はありましたが、とにかく速いペースの授業進行についていけず、オタオタするばかりでした。そんなこんなが続き、またしても「とってもついていけない」という絶望感に襲われて、入学当初の高揚感などあっという間に消え失せてしまいました。

料金受取人払郵便

新宿局承認

2524

差出有効期間
2025年3月
31日まで
（切手不要）

郵便はがき

160-8791

141

東京都新宿区新宿1－10－1

㈱文芸社

愛読者カード係 行

‖‖‖‖·‖·‖·‖‖‖‖‖·‖‖‖·‖·‖·‖·‖·‖·‖·‖·‖·‖·‖·‖·‖·‖·‖·‖

ふりがな お名前		明治　大正 昭和　平成	年生　歳
ふりがな ご住所	□□□-□□□□	性別 男・女	
お電話 番　号	（書籍ご注文の際に必要です）	ご職業	
E-mail			
ご購読雑誌（複数可）		ご購読新聞	新聞

最近読んでおもしろかった本や今後、とりあげてほしいテーマをお教えください。

ご自分の研究成果や経験、お考え等を出版してみたいというお気持ちはありますか。

ある　　　ない　　　内容・テーマ（　　　　　　　　　　　　　　　　　　　　　）

現在完成した作品をお持ちですか。

ある　　　ない　　　ジャンル・原稿量（　　　　　　　　　　　　　　　　　　　）

書　名	

お買上書店	都道府県	市区郡	書店名				書店
			ご購入日	年	月	日	

本書をどこでお知りになりましたか?
1.書店店頭　2.知人にすすめられて　3.インターネット(サイト名　　　　　　　)
4.DMハガキ　5.広告、記事を見て(新聞、雑誌名　　　　　　　　　　　　　　)

上の質問に関連して、ご購入の決め手となったのは?
1.タイトル　2.著者　3.内容　4.カバーデザイン　5.帯
その他ご自由にお書きください。
(　　　　　　　　　　　　　　　　　　　　　　　　　　　　　　　　　　)

本書についてのご意見、ご感想をお聞かせください。
①内容について

②カバー、タイトル、帯について

弊社Webサイトからもご意見、ご感想をお寄せいただけます。

ご協力ありがとうございました。
※お寄せいただいたご意見、ご感想は新聞広告等で匿名にて使わせていただくことがあります。
※お客様の個人情報は、小社からの連絡のみに使用します。社外に提供することは一切ありません。

■書籍のご注文は、お近くの書店または、ブックサービス(0120-29-9625)、
セブンネットショッピング(http://7net.omni7.jp/)にお申し込み下さい。

コロナウィルス　パンデミック

　横浜港にコロナ患者さんの乗ったクルーズ船が立ち往生、といった情報は語学学校卒業前の2020年1月頃から耳にしていて、「何だかややこしそうだなあ」と他人事のように考えていました。しかし徐々に当地でも患者の報告が報道され、遂に3月初めにマッコーリー大学学生が発症したということで、急遽すべての授業をオンラインに切り替えてキャンパスを閉鎖する、また通常4月に設定されている2週間の中休みを3月に前倒しする、という発表がありました。この発表は私にとっては天からの贈り物でした。何せ学習内容に全く追いついていけずに途方に暮れていたので、2週間授業がなく予習も要らない、という時間的猶予は遅れを取り戻す絶好のチャンスでした。また全ての授業をオンラインへ移行するということは、当時、通学に1時間以上かかるMascotに住んでいた私にとって、キャンパスに通う時間が節約され、これも大助かりでした。

　2週間の前倒し中休み中にかなり遅れを取り戻したつもりでしたが、オンライン授業が始まり、週刊テストに追われる毎日に、今後3年間こんな厳しい学業生活はとてもやっていけそうもないと再び思い悩み、「退学」の文字が頻繁に頭をよぎり始めました。そうこうするうち

に世界の国々はどんどん国境を閉鎖し始め、オーストラリアも永住権者（国民）以外の出国、再入国を禁止しました。そのため7月に予定していた帰国が不能となり、飛行機をキャンセルしました。と同時に帰国時に予定していた、留学資金をANZ（オーストラリア・ニュージーランド）銀行の東京支店口座から当地の銀行口座に追加送金する計画も白紙となりました。渡豪当初はどのくらいの期間、滞豪するかの目途が立っていなかったので、当座の資金しか当地に送金していませんでした。つまりこのままでは軍資金が底をつく、ということになったのです。

　厳しい学習から逃げ出したい思いと、石にかじりついてでも頑張らにゃあ、という思いに揺れ動きながら、ANZ銀行東京支店の担当者に豪ドル送金について特例措置をとってもらえないか、と依頼のメールを送りました。通常なら契約時の印鑑が送金依頼書にも必要なのですが、当然その押印は不可能なので、そうした手続きなしでも対応してもらえないか、というお願いでした。内心では、

　――「もし断られたら、これで堂々と大学を退学して日本に帰れる」……

　――「せっかく苦労して入った大学だけれども、もうこんな厳しい勉強やってらんない」……

——「もし退学して帰国してもコロナのせいだから当然だ、と誰しも思うだろう」……

　——「エエ歳こいて威勢よく留学なんぞ志して、勉強が難しくてついていけませんでした、などとオメオメ帰るのは誠に格好が悪いが、この状況なら恥をかかずに済む」……

　などとアレコレ思いを巡らせながら、断られることをかなり期待していました。しかしANZ銀行東京支店は私の希望を受け入れて、パスポートのコピーなど身元保証の書類があれば送金する、という措置を講じてくれました。これにより、もう私は逃げ道を失い、腹を括るしかありませんでした。とにかく最低の評価である「パス」を取りさえすれば、単位を落とすことなく卒業できる、それを目標にしよう、と思い直したのです。

何とかやっていけるかも

　私が日本の大学で経験したことのないハードな教育内容に青息吐息しながらも、何とかついていけたのは、その厳しさを補うセーフティーネットが大学側からしっかり提供されていた、ということに尽きます。例えば学期中に10回無料で、提出後24時間以内に論文チェックをしてくれるサービスがあり、論文構成や言葉遣い、文法などについて助言を得ることができました。私にとってこのサービスは命綱で、毎学期10回のサービスを使い果たすヘビーユーザーでした。課題の評価基準は85点〜100点がHD（High Distinction）、75点〜84点がD（Distinction）、65点〜74点がCr（Credit）、50点〜64点がP（Pass）、50点以下は落第、と設定されており、毎回全ての課題で自分がどの評価を得たかがiLearnに掲載され、一目瞭然でした。元々日本語で文章を書くことは比較的好きだったのですが、最初の英語論文でDをもらえた時はかなりうれしく、何とか頑張ってやっていけるかもしれない、と前向きな気持ちに変化しました。

　それと同時に、日本から持ち込んだ「晩酌」の習慣を一切やめ、1日10時間勉強の日課を設定して、文字通りねじり鉢巻きで毎日勉強に取り組みました。こうした

生活を通じて、「何だか嫌だなあ、分かんないなあ」と
思う科目も、無理やり取り組むうちに面白みが分かって
くる、という経験を積み重ね、3年間の言語聴覚学はそ
れまで経験したことのない深みを持って学習することが
できました。3年間の最終的な成績は、履修全24科目

中、HDが8科目、Dが12科目、Crが4科目でした。
とはいうモノの、卒業してしまった今、学習したことは
すっかり跡形もなく私の頭から消え去っているように思
われ、アラ・マです。

目標はどうなったか

　英語を上手に話せるようになりたい、という目標はどうなったかというと、まあ単発的な日常会話は何とかなるものの、夢見ていた「英語で議論（ケンカ）できるくらい」には程遠く、流暢な会話レベルには達しませんでした。またいちいち頭の中で日本語から英語に翻訳したり、喋った途端、「ン？　今の英語、文法的に正しい？」とその都度チェックを入れたくなって滞ってしまうという状況で、いわゆる自動的に英語文や単語が口をついて出てくる、という段階には達しませんでした。またテレビのニュース番組等は何とか内容を理解できても、映画ドラマのセリフや学生同士の会話を聞き取ることは難しく、複数人での議論の場ではなかなか発言できません。

　それでも日本に居ながらにしては今の私のレベルさえ達成困難だっただろう、と思うのでひとまず満足しています。コロナ・パンデミックでオーストラリアは厳しいロックダウンを施行し、オンライン授業やZoom演習に参加する以外は誰とも会話しない日々が２年以上続きました。キャンパスでの授業は最終学年後期の半年だけだったので、それも会話力が伸びなかった理由となるかもしれませんが、勉強に熱を入れていた私にとっては、

大学構内にて

この学習環境は最善だったので不満はありません。英語学習は私にとっての生涯学習なので、今後も楽しみながら継続していきたいと思っています。

シドニーでの住まい

　最初の方でも述べましたが、2019年にシドニーに来て7月から9月までの2か月は、Mascotにあるギリシャ系のご家庭にホームステイしました。ここはシドニーの街からバスで30分程度の場所でした。そこのお母さんMさんは自宅で美容師として働く傍ら、介護のお仕事もされていました。毎週土曜日の早朝、心臓に持病がある男性の歩行練習の見守りという仕事を担当されて

いて、私を誘ってくださったので、喜んで参加しました。野生の鳥たちがたくさん生息する広大なCentennial Parkを早朝に歩くのは誠に気持ちが良く、私の楽しみの一つでした。
　2か月はあっという間に過ぎ去り、新たなご家庭に引っ越しました。

Centennial Park にて早朝散歩

いわゆるオージーの家族で、お母さんＪさんと一人息子さんの２人暮らしのご家庭でした。ここは語学学校からかなり遠く、通学に１時間半かかりました。この２軒目のホームステイの１か月間は、私にとってはなかなか辛い時期でした。語学学校は不適応を起こした最初の学校から２校目に転校するタイミングだったので、そのストレスは軽減されましたが、今度はホームステイでのストレスが増大しました。というのは、Ｊさんからアレをしちゃダメ、コレをしちゃダメと厳しく制限されたからです。私が気を利かせてやろうとしたこと、例えばトイレットペーパーの補充とか部屋の掃除機掛け、といった申し出も、貴女は余計なことをしなくて良い、といった口調で否定され、ヒエーッと思うことしばしばでした。

　またどちらのご家庭もそれなりに家庭料理を作られていましたが、私にとっては全体に野菜が圧倒的に少なく、栄養バランスがかなり心配になりました。Ｍさんはキッチンを自由に使わせてくれたので、自分なりにサラダやほうれん草のお浸しなどを作って食べました。しかしＪさんはキッチンの使用を禁止したため、語学学校の昼休みにスーパーに行って、洗浄済みのベビーリーフセットなどを買い、公園で袋から鷲掴みで頬張ったりして野菜を補充していました。このご家庭に移動して１週間で今度は帰宅恐怖症になり、皮膚に赤い発疹がブツブツと出

るなど、精神的にきつい時期でした。

　10月からの住まいは自分で探さなければならないの
ですが、私にとって住まい探しは現実逃避ができる幸せ
な時間でした。当地ではフラットメイトという部屋の借
り方ができるので、そのサイトに登録してフラットメイ
トを募集している家を探しました。つまりアパートの一
室を借りる、というものです。日本だったら見知らぬ人
とアパートという閉鎖空間でいきなり同居する、という
のはちょっと考えられないですが、当地では普通に行わ
れており、私も何の抵抗もなく部屋探しをしました。最
初のMascotに土地勘があったのと、Mさんと一緒にま
たCentennial Parkを歩きたい、という思いがあった
ので、Mascotで探しました。電車の駅前という条件も
気に入り、内覧するために、申し込んだ部屋のオーナー
と駅で待ち合わせをしました。どんなオッサンが迎えに
来てくれるかと思いきや、かわいい20代の若者Bさん
が私のピンクのリュックを目指して来てくれました。そ
してこのBさんとTさんという20代前半の学生カップ
ルのアパートに、フラットメイトとして10月から転が
り込みました。私も大学生になるかもしれなかったので、
学生カップルとの同居という生活環境はかなり魅力的で
した。

　Tさんは中国系家族の娘さんでオーストラリア生まれ、

Ｂさんは香港からの留学生、２人とも大の日本びいきで、しょっちゅうジブリのアニメを自宅で観ていました。また料理好きなＢさんは、サバの味噌煮や肉じゃがなどを料理していました。Ｊさんから離れることができ、長距離の通学からも解放され、キッチンも自由に使わせてもらえる、というのは夢のような条件でした。

　その夢がもろくも消え去るのにそれほど時間はかかりませんでした。賃貸条件には自由にキッチンを使わせてもらえる、とありましたが、実際には彼らの動向を推し量りながら、隙を見てのキッチン使用に気を使いました。また、Ｔさんの怠惰で昼夜逆転の生活態度に悩まされることになったのです。私は朝５時起床、10時就寝という生活でしたが、彼女は夕方起床、朝５時就寝と、私とは真逆だったのです。そのため、私が寝ようとする時間にバタバタと活動し始めるのです。また彼女のあまりの不潔さに閉口しました。例えばカレーを食べた食器をそのままダイニングテーブルに何日も放置する、お菓子の包み紙を散らかしたままにしておく、という考えられない態度でした。最初のうちは私も彼女の食器を片づけたりしていましたが、もちろん挨拶の一つもないため、そのうち手を出さないことにしました。誰が片付けるか、というとＢさんでした。彼はむしろ清潔好きでキチンとしていたいタイプのように見受けました。どうしてこの

２人がカップルとして成立しているのか理解に苦しみましたが、まあ大きなお世話なので、ともかく２人とは距離を置いて淡々と暮らすように努めました。マッコーリー大学に入学が決まってからは、通学に１時間以上かかるので、何とか大学の側に引っ越したいと思い、Chatswoodにあるlgluという学生寮に引っ越すことに決めました。

　この学生寮はキッチン・バスルーム共有の個室から、キッチン・バスルーム専有の個室まで、様々なタイプの部屋を提供していましたが、私はどうしてもキッチンを自由に使いたかったので、ちょっと高めでしたが専有の個室を借りることにしました。とにかくＴさんたちから離れたい一心だったのと、すでに大学の授業が始まっていて気持ちの余裕がなかったため、lgluの部屋の詳細を確認することなく2020年７月に学生寮に引っ越しました。シドニーに来てちょうど１年が経過していました。

リッチ貧乏生活

　Igluの部屋に初めて入り、キッチンを見て愕然！　何もないのです。トースターと電気ポットだけ貸してもらえましたが、包丁１つ、皿コップ１つないのです。ここの寮費はキッチン・バスルーム専有の個室ということもあり、かなり高く、光熱費等の経費込みで１か月約20万円でした。これだけ高額の寮費なので、キッチン用品などは整備されているもの、と頭から思い込んでおり、確認を怠って大失敗でした。国内学生に比べて留学生は３倍の授業料なので、コロナで帰国のめども立たない中、寮費や授業料などあれこれ計算して、果たして銀行口座に入っているお金だけでやっていけるか急に不安になり、余分なものは一切購入しない、と決心しました。幸か不幸か当地の外食が私にはあまり口に合わなかったので、すべて自炊したいと思い、最低限必要な包丁と大鍋１個を購入しました。ホームステイの家庭で「よくこんなに切れない包丁を使ってるよ」と感心するくらい現地では切れない包丁が多かったので、包丁だけは日本製に限ると思い、日用品や食品などを扱う日本の店で奮発しました。大鍋も2000円くらいで買いましたが、まな板は牛乳パックで、食器は肉野菜のトレイを流用しました。当地にはアジア系のレストランが多く、箸はどこでも入手

できたので、何とかなりました。大鍋に野菜たっぷりの
カレーやチキンスープをどっさり作って1週間で食べつ
くす、といったパターンの生活を開始しました。

　そのうち、この学生寮のゴミ置き場に素晴らしい物品
がたくさん廃棄されているのを見つけ、嬉々として拾っ
てきました。おそらく転出して行く学生たちがゴミと
して捨てていったものだと思うのですが、十分新しく、使
用可能なものばかりでした。これに味を占め、ゴミ置き
場に行くのが楽しみになってしまった毎日でした。その
収穫物は、ヘアドライヤー、ハサミなどの様々な文房具、
本（『窓際のトットちゃん』の英語版など）、ショルダー
バッグ、小鍋、フライパン2つ、ピーラーなどのキッチ
ン用品でした。また黒いパンツ、セーター数枚など衣類
も拾いました。特にこの黒パンツは、ジーンズしか持っ
てきていなかった私にとっては大変役立ちました。とい
うのは大学3年生で臨床実習が始まった時、先方から
「ドレスコード」としてジーンズ禁止、と指定されたか
らです。拾った厚手のセーターも膝掛けとして大活躍し
ました。その後も洗濯洗剤や掃除用品など、まだ使用可
能なものが捨てられていたため、喜んで拾って使用しま
した。

　土地勘がついてくると、この学生寮のすぐ近くに寄付
物を受け付けて安く売る救世軍のお店があることを知り

ました。私が学生寮を去る時は、まだ使える収穫物はすべてここに寄付してきました。

　食費と交通費以外は一切お金を使わないと決めたので、美容院も2019年の12月に帰国して日本で行ったきり、その後3年間行きませんでした。そのうち、戦国時代の落ち武者みたいなボサボサ頭となりましたが、よくしたものでYouTubeにいくらでも「自分で髪の毛を切る」方法が紹介されていたので、拾ったハサミを使って4回自分で切りました。長くなった髪の毛を束ねるのに、最初は野菜を括ってあった輪ゴムを使っていましたが、日

課のウォーキングをしていると、結構シュシュなどの髪飾りや黒ゴムが道に落ちているのに気づき、拾って洗って使いました。シャワーキャップなども、スーパーからもらったビニール袋と輪ゴムで自作して使いました。この学生寮のすぐ側に日本の百均ショップがあって、2ドル8セント均一で何でも売っているのですが、どこまで余分な出費をせずに暮らせるか、というのが面白くなってきたので、この貧乏たらしい生活は苦にならなかったです。

　学生寮のゴミ置き場からキッチン用品などを入手できたお蔭で、料理のレパートリーが増えました。このChatswoodはアジア系移民が多いので中華料理店もたくさんあるのですが、餃子などを食べても私には今一つ口に合わず、これなら自分で作った方が美味しいわ、と思いました。拾ってきたフライパン2つを本体と蓋にして焼き上げた餃子は誠に美味しく、ぜひ友人に振る舞いたいと、ジンさんを学生寮の部屋に招待しました。彼女は中国人でこちらの大学を卒業し、そのまま就職してマレーシア系オーストラリア人の彼氏と別居婚で暮らしている女性です。なぜかとても私に親切にしてくれ、当時はChatswoodの近くに住んでいたので、何度か夕食に招待しました。彼女はすごく喜んで私の餃子やチキンスープを食べてくれましたが、私が使っているあまりに

ジンさん（右）と　学生寮の部屋で

も見すぼらしい食器（プラスチックトレイなど）にビック
リし、その後、彼女の不要な食器を持ってきてくれま
した。その食器だけは日本に持ち帰りました。

どうやって友人を作ったか

　ジンさんとはミートアップという活動で知り合いました。ミートアップとは世界中で展開されている地域の同好会組織のようなもので、興味関心を共にする人たちの集まりです。ウィキペディアによると2002年に発足し、世界中で2700万人が参加していて、本拠地はニューヨークだそうですが、シドニーにも、そしてもちろん東京にもあります。最初の語学学校でIELTSクラスから会話クラスに移ったものの、思うように話せないという思いは募る一方だったので、担当の先生に相談しました。彼女は「喋る機会を作るしかないので、ミートアップクラブで適当な活動を探してみたら」と勧めてくれました。

　全く事前の知識もなかったのですが、「英語で話そう、英語を第二言語とするインターナショナルな人たちの集まり」といったキャッチフレーズに惹かれて、ある一つのグループに参加してみました。その活動は、土曜日の午後にホテルのバー・ラウンジに人々が集まり、運営者のPさんが適当に時間を見計らって座席を交代させながら、いろいろな人たちと順繰りに話す、というものでした。初めて参加した時はとても緊張しました。しかもかなりの大人数で100人近くが数人単位に分かれて着席するのですが、100人も集まると結構騒がしく、騒音

の中での英語の聞き取りはとても大変で、すっかり疲労してしまいました。「ここもダメだったか」と非常に落胆しながら早々に帰ろうとしたところ、Pさんが「どうだった？」と声を掛けてくれました。私は正直に「うるさくて言葉が聞き取れず疲れた」と言いました。彼は「土曜日の集まりは大きいんだけど、金曜日は20人程度で少ない集まりだから、そっちに来てみたら」と誘ってくれました。そこで翌週は金曜日の集まりに行ってみました。

　確かに金曜日の集まりの方が静かで、落ち着きました。また日本文化に興味を持っているオージーの人たちが多く、日本のことをいろいろと聞いてくれたりしたので、話す機会も得られ、あ、楽しかったな、と思える時間でした。回を重ねるごとに「ヤー、イチコ！」と皆が声を掛けてくれるのがうれしくて、できるだけ毎週参加しました。そこでジンさんと出会いました。彼女はとても美人で英語も上手でした。最初はそれほど話す機会もなかったのですが、ある時、この金曜日の会のメンバーがハイキングを企画してくれたので参加し、そこにジンさんも来ていました。彼女はいろいろと私の事情を聴いてくれ、彼氏が住むニューカッスルという街に行くから一緒に来ないか、と誘ってくれました。それほど親しくもない私を数時間のドライブで知らない街に連れて行って

ミートアップの仲間（前列左から２人目が作者、一番右がジンさん）

くれる、ということがとてもうれしくお誘いに乗りました。彼女が彼氏の家に２泊する間に私はホテルに宿をとって、ニューカッスルの街を探索しました。最終日には彼氏が私を家に招待してくれて、手料理を振る舞ってくれました。久しぶりのイカ刺しやエスニックなお料理を堪能し、大感激してジンさんとシドニーに戻ってきました。そんなおもてなしを受けたので、ぜひ彼女にお礼がしたいと思い、手作り餃子の夕食に誘ったわけです。彼女自身はあまり料理をしないのでずいぶんと褒めてくれ、いい気になってその後も何度かご招待しました。

　ジンさん以外にも金曜日のミートアップのメンバーと

は親しくなり、ハイキングやバーベキューといった企画に参加しました。コロナでこういった活動がすべてストップしましたが、最後の1年間は大学の授業がない時は、これらの友人たちと交流しました。大学卒業後、日本に帰る段になると、メンバーはずいぶんと別れを惜しんでくれ、送別バーベキュー・パーティーや夕食会を開いてくれました。また、私が帰国してからは何人かが日本に来て、旅行がてら私に会いに来てくれました。

体調管理はどうしたか

　私は元来、丈夫な身体の持ち主で、持病らしい持病もなかったのですが、赤ん坊の時からの頑固な便秘と、両親介護で来た頸椎変形症からくる手と腕の痺れに対して、薬を処方してもらっていました。便秘薬として酸化マグネシウム、手と腕の痺れにはNという鎮痛薬を服用していました。渡豪に際して主治医に英文で処方内容を記してもらい、それを持参しました。しかしいざ現地で医師にその処方を見せると、まずマグネシウムは便秘薬として使用されていないし処方薬もない、とのことでした。またN鎮痛薬は豪国内では認可されておらず、それ以前のバージョンの薬しか手に入りませんでした。これは眠気がひどいためにすぐに服用を止め、そのまま少々の痺れは我慢し、特に悪化することなく服薬なしで過ごしました。しかし便秘薬は必須のため、どうしたものか、と途方に暮れていると、ドラッグストアーの店員さんがモビコール（Movicol）というサプリメントのようなものを勧めてくれました。これは粉末を水に溶かして服用するものでした。背に腹は代えられず、それを服用し始めたところずいぶんと調子が良く、むしろ酸化マグネシウムよりも私の身体に合っていました。それで帰国してからもモビコールを服用したいと思い、ドラッグ

55

ストアーで手に入らないかとネット検索したところ、何と処方薬として認可されているのを知りました。それでやむなくモビコールを手に入れるためだけに病院を受診することにしました。しかし他に特に身体症状があるわけではないので、医師には薬処方の希望しか訴えることがありませんでした。すると医師は少々苛立った口調で「あのさあ、僕は薬屋じゃないんだから……なんか、どっか悪いとこないの？」と言うので、思わず「スイマセン、元気な患者で」と応じましたが内心ムッとしました。「私だってドラッグストアーで自由に買えていた薬を、わざわざ病院を受診して、処方してもらいたかぁないよ」と反論したかったのですが、まあ有難く処方箋をいただいて帰りました。自宅で薬処方の明細を見ると、モビコールは390点、すなわち30日分で3900円とあり、その値段の高さにビックリしました。オーストラリアでは通常値段で1400円、私はバーゲンの時に買い込んだので、同じ30日分を800円程度で購入していました。

　最初の方で耳垢が詰まって難聴になったエピソードを記しましたが、耳垢を取るのも、まずは個人がドラッグストアーで液体ワセリンのような点耳薬を購入して自分で対処するようになっています。どうやらオーストラリアでは、自分で何とか対処できるものは自分でせよ、ということなのかなあ、とその時思いました。一方で、ド

ラッグストアーで簡単に入手していた薬が、日本では医師の処方が必要になるという事実に非常に驚きました。こうした日本の手厚い医療保険、薬価制度は、患者の安全に万全を期し、広く公平に恩恵を分配することを可能にしているのでしょうが、少々過剰にも思え、モビコールの値段の例でも分かるように、そのために医療保険制度を財政的に圧迫しているとしたら本末転倒では、と思わざるを得ません。

　とは言うものの、日本の医療制度をつくづく素晴らしいなあと思ったのは、大学卒業後の2022年12月に足をひどく捻挫した時でした。日本から遊びに来てくれた友人たちを案内してシドニーの街中を歩いていて、迂闊にも段差に気付かず左足を踏みはずして捻挫し、あまりの痛さに一瞬気が遠のくほどでした。友人たちに支えられながら何とか学生寮に戻ったものの身動きできず、友人たちが残してくれた食糧で数日をしのぎました。そんな時、例の中国美人のジンさんが心配して連絡をくれました。彼女の彼氏は医師なので、「彼に紹介状を書いてもらってあげるから、レントゲンを撮りに行こう」と言って車で迎えに来てくれました。日本から持参した使用期限切れの湿布薬も底をついてきたので、それは有難い、と彼女の申し出に甘えました。てっきりレントゲンを撮ったら医師面接があり、湿布薬も処方してもらえる

もの、と思っていました。ところが、彼女が連れて行ってくれた所はレントゲンを撮るだけの施設で、医師はおらず、結局医師の診察を受けることもなく帰宅しました。つまり、耳垢の時と同様、耳鼻科、整形外科といった専門分化した開業医はおらず、レントゲンを撮ったらレントゲン医師がそれを読み取り、結果を紹介医（彼女の彼氏）に報告するだけ、というものでした。そして彼氏が私にレントゲン医の所見をメールで知らせてくれました。もし私がさらに医師の診察と薬の処方を希望するなら、一般開業医にそのレントゲン結果を持参して診てもらう、薬局に薬を取りに行く、という二重、三重の手間がかかるのです。ろくに歩けず、学生寮で使っていたキャスター付き椅子をナンチャッテ車椅子にして移動していた私にとって、何度も外出することは不可能だったので、結局そのまま受診せず自然治癒に任せました。この時ほど、日本の医療システムは本当に患者に優しいなあ、と思ったことはありませんでした。

　その他は、マンゴーやアボカドを食べすぎて体中蕁麻疹が出てひどい痒みに悩まされた以外、特に体調を崩すこともなく元気に過ごしました。オーストラリアではあまり果物が美味しいと感じませんでしたが、東南アジアが近いせいか、トロピカルフルーツが安くふんだんに手に入りました。それでマンゴーの美味しさに病みつきに

なり、調子に乗って食べ続けた結果、えらい目に遭いました。マンゴーが漆科の植物だとは知らず、素晴らしい大きな種に魅了されて、野菜クズから作るベジブロスにその種を加え、エキスを煮出して味噌汁として食べ、ひどい蕁麻疹を発症したのです。ベジブロスはカボチャやピーマンの種や玉ねぎの茶色い皮など、通常は廃棄する野菜クズを煮出して取るスープで、美味しいばかりでなく、免疫機能にも良いと聞いたので、日本にいた時から作っていました。貧乏生活には打ってつけの料理法だったのですが、これにマンゴーの種を加えてしまい、大失敗でした。

　ともあれ基本的にはタンパク質と野菜中心、朝食中心の食生活と1時間余りのウォーキングを日課とし、早寝早起きでアルコールも飲まなかったので、眠剤を手放せなかった不眠症もすっかり治り、滞豪生活によってとても健康的になったような気がします。

何を学んだか

　学業以外にこの留学で何を学んだかというと、一番に「やればできるじゃん」というかなり当たり前のことでした。「当たり前」とは言うモノの、どこまでやれるか、という限界をとことん試す機会というのは、なかなか得難いような気がします。それは精神的にかなりきつい状況となるので、普通ならその辛さを回避する手段を考えがちです。実際に私も大学の勉強がとてつもなく難しくて、とてもついていけない、と絶望的になった時、その辛さからどうやったら逃げられるか、ということばかりを考えていました。

　しかし今回コロナにより、戦時下でもないのに鎖国という有り得ない異常事態が発生したことで、文字通り「背水の陣」「逃げ道なし」という環境に置かれました。そして腹を括った結果、「やればできるじゃん」という結果を得たように思います。オーストラリアが2年ぶりに国境を開いた2022年2月21日、早朝のテレビニュースで「今日から国際空港が開かれます」とアナウンスがあり、「あ、あれはどこの国の飛行機でしょうか」とアナウンサーが言うので、ふと画面を見たところ、上空を飛ぶ飛行機の映像が流れ、雲間から「Japan Airline」と書かれた機体が映し出されたときは、思わず涙が出ま

した。まるで切れたタコ糸がまた繋がったような、安堵とも懐かしさとも望郷の念とも言いようのない思いでした。それだけ国境閉鎖という環境で、無意識のうちに緊張を強いられていたのかもしれません。実際、主観的な感覚としては国境閉鎖期間の勉強への集中度は、国境が開かれていつでも帰国できるとなった時期よりも格段に高かったと思います。このような不思議な体験は、なかなか通常では得られなかったと思います。

「やればできるじゃん」という体験には「どこまでやれるか」というプラスの面だけでなく、「どこまでやらなくて我慢できるか」というマイナスの側面もあったと思います。長年身についた習慣というのはなかなか削ぎ落とすのが難しく、例えば毎晩の缶ビール１杯、というのは両親健在の時から家族団らんの楽しみでした。日本にいた時は、「この１杯がないと生きていけない」とさえ思っていました。そのまま渡豪後しばらくは、その習慣を疑うこともなく続けていましたが、１日10時間勉強を日課にした時から飲酒を止めました。コーヒーやアルコールのことを嗜好品とはよく言ったもので、決して「それがないと生きていけない」といった必須のものではなく、単なる習慣化された好みだったんだ、ということがよく分かりました。

さらに、何かが足りなければ買えばいいじゃん、とい

う生活から、「買わないでどこまで対応できるか」という
うのも、おそらく日本に居ながらにしては経験しないだ
ろう面白い体験でした。この生活を通じて物欲というも
のがすっかり減退し、物を大切にしたい、形あるものを
最後まで使い切りたい、という気持ちがすごく強まりま
した。自身の生活ではもう必要のないものでも、学生寮
のゴミ置き場に値打ち物が捨てられていると、拾ってき
て救世軍の店に運んで寄付しました。私一人の微々たる
こうした行動は、大量に廃棄される利用可能な物品を救
うにはあまりにも無力でしたが、「この行動は正しい」
と確信をもってゴミ置き場から拾い物をする、というの
は日本ではなかなか得られなかった体験じゃないかと思
います。

　次に学んだことは「自由に生きることの心地よさ」で
した。私は日本に居てもかなりやりたい放題やってきた
と思いますが、それでも「体裁」はやっぱり気になる方
だったと思います。しかしオーストラリアに来て、「体
裁とは一体何か？」と考えるようになりました。例えば
「みっともない」という言葉はここには存在しないんだ
な、と思いました。なぜなら（日本人の感覚からした
ら）みっともない人々だらけだからです。超肥満体形に
お尻が見えそうなピンクのミニスカートを嬉々として
纏っている女性、サンタクロースのような立派な髭を蓄

えたボロジーンズのお兄さんなど、多分、日本ではあまり見かけない人々に普通に街で出会うからです。もちろん美醜を表す単語はあるにしても、それはあくまでも主観的評価と関係するように思われます。しかし「みっともない」という語はかなり他者を意識した単語で、人にどう思われるか、変に思われたら「体裁悪い」「みっともない」という感じではないかと思います。当地では人の思惑なんか関係ない、他人がどう考えようが着たいものを着、なりたい格好になる、という人々ばかりなので、その自由さはかなり居心地が良いです。当地で出会った日本人の若者たちの多くが、オーストラリアで生活し続けたい（永住したい）、という希望を述べるのを耳にしましたが、頷ける(うなず)ような気がします。日本のように「人様の目を気にして」生活することを強いられる息苦しさに耐えられない若者がいたとしても不思議ではありません。

　これと関係するかどうか分かりませんが、当地では履歴書などに生年月日の記入をしないようです。つまり年齢差別をしないようなシステムになっているのです。加えてファーストネームで呼び合うのが通例で、丁寧語はあっても目立った「敬語」というのもありませんから、年上とか年下といった年齢、社会的立場など関係ない会話が行われます。２つ目の語学学校で生徒が先生に質問

をする際、「ティーチャー！」と呼びかけると必ず先生はムッとしながら「何？　生徒（student）」と返事しました。彼は名前を呼んでほしかったのです。この学校は中国や韓国からの学生が多く、儒教の影響か、私を含めみんな先生の名前を「呼び捨て」にすることをためらっていました。でも当地ではそれは先生にとって却って不愉快だったようです。また博士課程で学ぶ若い先生たちが教授のことをファーストネームで呼ぶ、つまり呼び捨てにするのに最初はちょっとびっくりしました。iLearnで教授に質問を投稿する文章も「Hi！ Mike」といった呼びかけで始まります。しかし私は「Hi Mike」と書くのに最初のうちはかなり抵抗を感じました。２年生で履修した科目のうち、認知心理学が日本人教授だったのですが、私の質問投稿に対する返事として先生から「Hi Ichiko-san」と書かれてきたときは凄くうれしく、「Hi Sachiko-sensei」とお礼の投稿メールをして気分的にホッとしたことを覚えています。

　臨床実習で開業の小児言語治療クリニックを定期的に訪れ、言語治療の現場を見学した時も、大人も子どもも全てファーストネームで呼び合い、日本のようにSTを「先生」と呼んだり、子どもの母親のことを「お母さん」と呼ぶことはありませんでした。こうした社会的立場や年齢など念頭にない、または考慮しない人間関係に

馴染むことによって、年齢枠を超えた幅広い友人関係が作れたと思います。そして徐々に「人目を気にする日本人」感覚は薄れ、「エエ歳こいて」という感覚も喪失して、膝に穴の開いたジーンズにポニーテールで街中を闊歩していました。帰国してから、友人たちが「この歳になると……」といった、年齢を意識した発言をするのを度々耳にして、奇異に感じています。ともあれオーストラリアには見た目や年齢などに関して、暗黙の社会的縛りが日本に比べて圧倒的に少ないような気がします。

　社会的縛りといえば、日本には不必要と思われる社会的介入があらゆる場面で多いような気がします。例えばオーストラリアでは外食での食べ残しは自由に持って帰ることができ、専用の容器がほとんどのレストランに準備されています。しかし日本に帰ってきて、当然のようにオーストラリアでできていたお持ち帰りを何気なく食堂にお願いしたところ、「保健所から禁止されているので」と断られました。これは３月の出来事で、初春の日本の食中毒の発生率がオーストラリアに比較して多いのかどうか分かりませんが、社会的な「転ばぬ先の杖」のなんと多いことか、と痛感しました。先に記した手厚い医療保険、薬価制度の負の側面には、こうした「転ばぬ先の杖」的な社会的過剰介入がありやしないか、と思います。「自由に生きる」ことには個々人の責任が伴いま

すが、それと相まって社会が過介入しない、というのは大人の社会だなあ、と思いました。

　次に学んだことは、日本にいたら絶対に実感できなかった「多言語、多文化社会」を身近に体験したことです。オーストラリアに来る前までは、もちろんドップリ日本語生活者でしたから、そのような単一言語（モノリンガル）生活者、というのが世界の大多数（マジョリティ）だと思っていました。ところが移民の国オーストラリアに来てみると、多人種がそれぞれ自国の文化を継承しながら独自のスタイルで生活し（多文化・マルチカルチャー）、それぞれの母国語と英語を話す多言語（マルチリンガリズム）が当たり前、授業では人類の半数以上（一説には6割以上）はマルチリンガリズムである、と学んだことがかなりショックでした。自分で当たり前だと思い込んでいたことが覆されること自体ショックなものですが、国家・社会の中で「言語」の位置づけが非常に異なっていることにも驚きました。例えば、私がいた2021年はちょうどオーストラリア国勢調査の年に当たり、私も調査に回答しました。何しろ回答しないと罰金を取られるので、これは必須です。ちなみに余談ですが、オーストラリアでは何でも罰金で、選挙も投票しないと罰金、コロナ禍中のロックダウン下に運動や日用品の買い物以外でウロウロ外出すると罰金、でした。話を

戻しますが、国勢調査の項目には「日常生活では何語を話しますか」という項目があり、英語、ヒンズー語などいくつかの選択肢がありますが、当然それでは足りないので、自由記述欄が設けてあります。念のため日本の国勢調査項目を調べてみましたが、当然言葉に関する質問はなく、「日常生活で日本語を話すのが当たり前」であることが見て取れました。

　授業で習った情報によると、オーストラリア国民（永住権を持っている人）の30％（3人に1人）は外国生まれだそうです。またある文献によると、シドニーの西にある地区に居住する200万人の住人（70万所帯）のうち60％は100か国以上の国々から来た移民で構成されている、とのことでした。単純に考えれば、120万人が100以上の母国語を話す地区が存在する、ということになります。

　これとは別に、先住民アボリジニの人々は元々部族ごとに700以上の言語をもっていたようですが、多くが絶滅してしまい、今は100前後の言語が存続しているとのことで、それも消えゆく運命を心配されています。このような多文化、多言語社会にまつわる「言語政策、言語計画」というものを学習するにつれ、日本のような単一言語社会というのは何とお気楽なんだろう、と思わずにはいられませんでした。

言語政策とは庄司博史氏によると、「国などの権力を持つ機関が、独自の考えで一定の地域（支配領域）で使われる言語を決定し、その言語を他言語に比較して有力にするよう推し進める政策」だそうです。「それに基づいて、どのようにその言語を普及させ、教育するかというのが言語計画」だそうです。オーストラリアの公式言語は一応英語ですが、先住民のアボリジニの人々や移民、難民への英語教育、そして彼らの母国語を失わせないようなサポートシステムというのが、政府の重要な政策の一つとして常に検討されてきた歴史を授業で学びました。そうした言語政策は、その時代の経済や政治・外交事情を色濃く反映しているため、後に批判的に議論され、必ずしも常に成功しているとは言えない状況に、多文化・多言語国家の苦悩を垣間見たような気がしました。言語が統一国家の象徴としての役割を果たすことは、戦争で侵略した国がその地域に自国の言語を強要する歴史を見ても明らかです。多様な言語をもつ先住民の方々や、100か国もの母国語を操る全ての人々に対し、オーストラリア国民としての一体感を醸成することは容易なことではないようです。オーストラリアにもNHKのような公共放送ABCがあり、ここで定期的に流される「私たちはそれぞれ違うけれど、あなたも私もオーストラリア人」という曲は、まさしく多人種国家を表現するとと

ウルルにて　日本から来た友人（左）と

もに、その統一を謳いあげています。この歌を聴くたび
に、東日本大震災の後、NHKから頻繁に流れていた
「花は咲く」を思い出しました。この曲も危機的状況に
あった日本の国民を一つに纏め上げようと意図したもの
だろうと思います。同様に、ABCが放送するこの曲も、
多様な人々を統一しようとする意図が非常に明確でした。
一方で、国民統一を目的としたイベント（1月26日の
祝日、オーストラリアン・デー）などが常に賛否の議論
を巻き起こしている、と報道されていました。つまり、
このようなイベントごときで多様な国民を統一できるも
のではない、このような浅薄な行事は現実に起きている
問題を隠蔽・否認するだけであり、実態は先住民や移民
に対する差別が横行しているではないか、という議論で

す。
　翻って日本の現状について伊東祐郎氏によれば、「人
手不足を解消するために導入した外国人労働者に対する
『日本語教育』が日本の言語政策・計画で、それはもっ
ぱら地方自治体とボランティアの努力にゆだねられてい
る」とのことでした。また、嶋津拓氏は日本の言語政策
について述べる論文の中で、「日本の言語政策の特徴は、
言語政策を持たないこと」という言葉を紹介しています。
こうした日本政府の言語に対する姿勢には、オーストラ
リアで感じた「苦悩」といったものが感じられません。
それが単一言語社会とはお気楽なものだと私が感じた一
つの要因かもしれません。
　お気楽といえば、もし日本のバイリンガル教育の主流
が「英語であそぼ」的な内容で行われているなら、それ
は「バイリンガル教育」からは程遠いもので、やはりか
なりお粗末です。確かに小さい子どもの脳はバイリンガ
ルに育つ能力を十分備えていますが、それは両方の言語
が質・量ともに同等レベルでインプットされた場合です。
最も科学的に証明されているのは、両親がそれぞれ、自
身の母国語で子どもに語りかける時に子どもがバイリン
ガルとして育ってくる、という事例です。圧倒的日本語
環境の中で少々の英語学習機会を得たとしても、それは
「英語に親しむ」程度の効果しかないと言えます。しか

も、もし日本語学習も十分に行われなかったとしたら、例えば親の子どもに対する語りかけが少ないとか、寝る前などに本を読んでやらない、もっぱらスマホに子どものお守を任せる、など貧弱な日本語環境だとしたら、母国語もろくに育たないまま、中途半端な英語学習が行われる、という最悪の事態になりかねません。それでも何となく社会生活が送れるようになっているのも、単一言語社会のお蔭なのかもしれない、と思います。単一言語社会ってなんてお気楽なんだろうと思ったもう一つの理由は、こうして中途半端でも何となく何とかやっていける社会のように思えたからかもしれません。

　もう一つ、多文化・多言語社会との関連で感じたことは、先住民族アボリジニの人々への配慮にかなりのエネルギーを割いている、ということです。例えば、ラグビーの試合で行われた国歌斉唱は、英語のみならずアボリジニ言語でも演奏されていました。また私も参加したシドニーオペラハウスでのコンサートなどの開幕時には、まず先住の民と地に敬意と感謝を示すセレモニーが行われました。大学の留学生歓迎会などのイベントでも必ずこうしたセレモニーがありました。大学の授業では、滅んでしまったアボリジニ言語をどのように復活再生させ、そればかりでなく現代のアボリジニの子どもたちに教育・普及させていくか、という非常に困難な課題への取

り組みについて学びました。もちろんこうした取り組み
が全て成功しているわけではありません。またこれらの
背景には、植民地時代に行ったアボリジニの人々に対す
る迫害や蛮行への深い罪悪感があるのは否めないと思い
ます。しかし、アボリジニ文化を尊ぼうとする姿勢は、
その根底にある罪悪感からばかりでなく、アボリジニ文
化と言語そのものが人類にとって貴重な財産である、と
いう認識から派生しているのも確かだと思いました。大
学ではこのような世界中で滅亡してしまった言語につい
ても学び、日本ではアイヌ語が明治政府によって殲滅さ
れた、という歴史を他学生と共有したのですが、その後
の復活再生について国レベルでの目立った活動が認めら
れない現状も報告されて、かなり居心地が悪かったです。

　最後に、滞在中に学んだ最も大切なことは愛国心につ
いて考えたということでした。日本で生活している時に
は、愛国心というと何だか右翼の方々の専売特許のよう
なイメージを持っていました。しかしオーストラリアで
生活し、出会った多くのオーストラリア人が「日本が大
好き」「日本に行きたい」「日本人は礼儀正しく親切」
「めちゃくちゃ街が清潔」というのを何度も見聞きする
うちに、強烈に日本を誇りに思い、日本人として恥ずか
しくない振る舞いをしたい、と思うようになりました。
大学の勉強をかなり頑張った一つの要因には「日本人学

生は几帳面で優秀」という先生のコメントを入学オリエンテーションのある講義で耳にし、そうした印象を汚したくない、という思いがあったからかもしれません。オーストラリアには様々な人種が集まっているので、中には日本では絶対にありえない振る舞いをする人々もいます。例えば買い物に行って、スーパーの店員さんに商品の場所を尋ねると、不機嫌そうに無言のまま顎で指して教える、といった態度を取られ、何ちゅう失礼なヤッチャ、とムッとくることも度々ありました。こんな態度に遭遇するたびに、何て日本は優雅で優しいんだろう、と思いました。

　また、「自由に生きることの心地よさ」を記しましたが、あまりにも何でもあり、の社会なので、日本のきちんとしたあり方が懐かしく思われたこともありました。私は元々、歌舞伎や茶道などの伝統芸能・文化について、詳しい知識は持っていませんが、その様式美が好きでしたので、そういう意味で保守的な部分も持ち合わせているのかもしれません。しかしオーストラリアでの「何でもあり」社会で暮らすうちに、様式美を持つ日本文化への憧れと誇りが強まったように思います。帰国前の2022年12月に2回目のメサイヤ・クリスマスコンサートに出演し、日本から友人が観に来てくれました。私は彼女たちに、ぜひ着物を着てきてほしい、と頼みま

着物を着た友人とシドニーオペラハウスで

した。シドニーオペラハウスの観客席に彼女らの着物姿
を認めた時は、私の両隣の合唱団員に「あれが日本の着
物だよ」と伝え、彼らが大興奮しながら「ワ〜素敵ね、
綺麗ねえ」と言ってくれたのがこの上なく誇らしかった
です。こうした自国の文化を大切に誇らしく思い、自分
も恥じないように生きようとする意識が愛国心なのかな、
と改めて認識しました。

　しかし、こうした日本を誇らしく思う気持ちは、帰国
当日に一挙に雲散霧消しました。2023年2月1日早朝
に羽田空港に着き、品川駅から新幹線に乗るべくホーム

に並びました。まだ早朝ということもあり、私が行列の先頭で、いくつか列車をやり過ごすうちに長蛇の列となりました。ようやく目指す列車に乗り込もうと、大きなスーツケースをウンコラショと持ち上げに苦労していると、２番手に並んでいた男性がサッと私の横をすり抜けて乗車しました。「ナ、何？」と一瞬唖然となりましたが、同時に、ああ、これが日本の男の現実かあ、とガッカリしました。まあ、もし私がもっと若くて別嬪ちゃんだったら、この紳士？　も手助けしてくれたかもしれませんが、別に助けてくれなくても良いので、せめて私の乗車を待てんのかい！　と腹立たしく思いました。同じように私が荷物移動に苦労する場面はシドニーを発つ時にも何度もあり、そのたびに紳士たちは笑顔でサッと手を差し伸べてくれ、レディーファーストを遵守されました。日本が今後も伝統的な男尊女卑を尊び、唯我独尊の勘違いをする方々が増えるならやむをえませんが、少なくともグローバル社会に参入し、観光立国として名を馳せようとするなら、困っている人を助けるといったごく当たり前の行動を何の衒いもなく取れるようにならなければ、その目標は達成できないでしょう。

　観光立国についての余談ですが、シドニーで知り合った友人が、つい最近遊びに来たので、羽田に迎えに行きました。彼女はＪＲのレールパスといって外国人のみが

利用できる新幹線乗り放題のお得チケットを申し込んだので、チケットを受け取りたい、とＪＲ窓口に行きました。窓口に行って仰天、90分以上待ちの長蛇の列で、しかも２つしか窓口が開いていないのです。多くの外国人が日本旅行を楽しみにやってきて、やっと着いた羽田でこのような無為の待ち時間を強いられる、というのは何とも申しわけなく、恥ずかしさと情けなさでいっぱいになりました。

　愛国心に話を戻しますが、国を大切に思う気持ちが高まるにしたがって、日本の未来についての不安もずいぶん強まりました。例えば、大学の入学オリエンテーションでの若い人たちの学習に対する熱気や、大学が学生に求める勉学姿勢が日本と比べ物にならないほど高い水準であるのを目の当たりにして、このままでは日本は三流（世界第三のＧＤＰ経済大国という意味で）どころか十流、二十流国家に成り下がる、と本当に心配しています。さらに、先にも記したように、若い有能な日本人が日本から脱出（？）してオーストラリアに新天地を求めて来ている事実に出くわすと、ますます日本の将来が不安になりました。彼らの高い能力が日本社会に還元されずに国外に流出してしまう事例を忸怩たる思いで見ていました。また日本の若者が海外に活路を見出そうとする姿は、私がミートアップクラブで出会ったイラクやアフガニスタ

ンからの難民が、母国で暮らせなくてオーストラリアに逃れてきて幸せを築いている姿と重なります。母国で暮らせないなんて、何と不幸なことなんだろう、と思いましたが、大学で知り合った日本人友人いわく、「母国で暮らすことが幸せなのではなくて、どこで暮らしたら自分の幸せを築けるかが大事なんだ」という発言は、誠にその通りだと思いました。したがって日本の若者が自国で暮らすことで遺憾なく能力を発揮でき、幸せを築けるような日本社会にならなければ、将来本当にみじめな国になるだろう、と思いました。

エピローグ

　帰国してはや４か月が経ちました。３年以上空き家に
していたマンションの部屋は信じられないほど汚れてお
り、住めるように復旧するのに相当時間を費やしました。
また、自分の部屋を新鮮な目で眺めてみると、何と物に
あふれた生活をしていたのか、と思いました。シドニー
の学生寮でほとんどミニマリストのような最低限の物資
で生活していた心地よさを思い出すと、慣れ親しんで
ホッとするはずの自宅が何となく落ち着かず、これを機
に一気に物を取捨選択して、本当に一緒に暮らしたい物
だけを置こう、と整理しました。その結果、段ボール２
箱の衣類と１箱の雑貨を難民支援組織に寄付し、だいぶ
スッキリしました。また、２年間の厳しいロックダウン
を経験したせいか、飢えたように友人、親戚に会いまく
り、今やっと人心地ついたところです。
　帰国して間もない２月のまだ暗い早朝、日課のウォー
キングを始めたら、遠くからカン、カンという得体のし
れない大きな音が聞こえてきました。何だか怖いなと思
いつつもウォーキング・ルートなので、音の方向に歩い
て行きました。街明かりで見ると、若者数人がスケート
ボードの練習をしていました。それを見て思わず「ワ〜、
楽しんでるね、頑張って練習して上手になってね」と声

をかけ、そんな自分に驚いてしまいました。実はシドニーにはスケートボードの練習施設がそこいら中にあり、小さい子どもから若者たちがヘルメットをかぶって自由に練習しているのです。そういう施設で遊べる彼らは恵まれているなあ、と思っていたので、日本の若者が誰もいない冬の早朝を狙って公道でスケートボードをしている姿を見てかわいそうに思いました。若者たちは最初ちょっと戸惑った表情をしていましたが、そのうち笑顔で元気に「ハイ！」と返事しました。以前の私だったら、公道でスケートボードをするなんてケシカランと腹立たしく思ったのではないかと思うと、異国の地での体験は自分を変えるもんだなあ、と痛感しました。

　つい最近、昨年の最終学年で履修した言語学の教授からメールが届き、私の小論文をモデルとして今後の学生に提示したいが、個人情報は伏せるので了解してくれるか？　とのことでした。実はこの教科は先にも記した「何だか嫌だなあ、分からないなあ」と、最初はやる気が全く出なかった科目でした。しかし徐々に「ああ、こういうことか」と見えてきて、その課題の論文を非常に楽しんで書いたので、ほぼ満点をもらっていたのです。私は「いえ、むしろ英語学習で苦労した日本人学生が記した文章、として名前などを明らかにして使用してほしい」とお返事しましたが、非常に光栄に、そして感慨深

く思いました。

　シドニーでの年齢を意識しない生活を送る中で、現地や日本の若者たちと友達になりました。このままこうした幅広い友人関係をさらに大切にしていきたいと思っています。一方で渡豪する前の介護生活中にずいぶん助けてくださった、今は傘寿、米寿となった友人たちに、今度はご恩返しをしたい、と強く願っています。近親家族がいない独居人として、こうした人間関係は私にとって宝である、とつくづく思う毎日です。

2023年5月

参考文献

伊東祐郎『日本語と日本社会をめぐる言語政策・言語計画—言語政策から日本語教育を問う—社会言語科学』第22巻第1号2019年9月

庄司博史『多言語政策—複数言語の共存は可能か　多言語化現象研究会（編）多言語社会日本—その現状と課題』三元社

嶋津拓「言語政策研究と日本語教育」日本語教育150号、2011年12月

Jorge Knijnik & Ramon Spaaij（2017）No Harmony：Football Fandom and Everyday Multiculturalism in Western Sydney, Journal of Intercultural Studies, 38：1, 36-53, DOI：10.1080/ 07256868.2017.1265490

著者プロフィール

北野 市子（きたの いちこ）

1957年3月生まれ。

言語聴覚士、医学博士。

東京女子大学文理学部心理学科卒業後、国立身体障害者リハビリテーションセンター学院にて言語聴覚療法を学ぶ。1980年4月より静岡県立こども病院にて定年まで言語聴覚士として勤務。30代、40代の頃は、小児の言語障害を伴うことの多い染色体異常の一種である22q11.2欠失症候群についての研究や、知的・発達障害児の言語障害についての勉強に専念し、複数の学会で口頭および論文発表を行った。一方で、当時はまだ未確立であった言語聴覚士の国家資格制度（1997年成立）について、旧・日本聴能言語士協会（現・日本コミュニケーション障害学会）の役員として、独立性の高い専門職としての養成制度を含む国家資格制度成立に向けて仲間と共に全国を奔走した。資格制度制定後は（社）日本言語聴覚士協会の理事を務めたが、両親介護の必要性が高まるにつれ、協会や学会役員から徐々に退き、50代では本業と介護に専念した。

現在はフリーランスSTとして、静岡市内の小学校に併設されている言語教室にコンサルタントとして巡回し、担当教員への助言指導を行ったり、研修講師を務めたりしている。

編書

『母子関係とことば シリーズ言語臨床事例集第7巻』（学苑社、2003年）〈筆頭編者〉

『口蓋裂の言語臨床』（医学書院、2011年）〈第三編者〉

本文イラスト／松永広雄

ピンク・リュック シドニーの街を往く
―還暦留学生のコロナ禍奮闘記―

2024年4月15日　初版第1刷発行

著　者　　北野　市子
発行者　　瓜谷　綱延
発行所　　株式会社文芸社
　　　　　〒160-0022　東京都新宿区新宿1−10−1
　　　　　　　　電話 03-5369-3060（代表）
　　　　　　　　　　 03-5369-2299（販売）

印刷所　　株式会社フクイン